La mère aimante

apprend à son enfant à marcher seul.

Søren Kierkegaard

Avril • 600 kilomètres entre la **Haine** et l'**Amour**

celui qui marche entre la haine et l'amour • celui qui marche entre la haine et l'amour • celui qui marche entre la haine et l'a

Je suis allé de la Haine à l'Amour à pied.

La Haine est une rivière située en Belgique, tout près de la France. L'Amour est un lieu-dit situé dans l'Allier. 600 kilomètres les séparent ; je les ai parcourus à pied, au plus près d'une ligne droite tracée sur la carte.

Il faut admettre qu'il n'est pas facile de voir où la Haine se niche. Personne n'a jugé bon de signaler cette rivière à l'aide d'un panneau, seuls quelques villages avouent son lit en leur commune. On a juste su me dire que la Haine venait de France, ce qui, à vrai dire, me parut crédible. On m'a aussi indiqué qu'à l'autre bout de la traversée on pouvait voir l'Amour. J'ai donc tracé plein sud pour rejoindre l'Amour. Le scénario de la Haine à l'Amour ne pouvait être qu'une longue traversée passant du dur au doux : il n'en fut rien. Le chemin vers l'Amour s'avéra délicat, plein d'ornières inondées et de chemins boueux ; il fut une vraie leçon de choses sur la diversité de tout ce qui peut « précipiter » : la pluie, la bruine, la grêle, la neige ; le marcheur, lui, se précipitant pour échapper aux éléments contrariants. J'ai marché sur les pavés du Nord, arpenté les collines de Thiérache, frôlé l'Île-de-France par l'est. J'ai continué par le Gâtinais, longé la Loire sauvage, traversé les vignes du Sancerrois. J'ai rencontré Fatih, Charles-Henri et Monique, Marie, Françoise et Sylvette, Jean, Annette et Henri, Virginie, Maria, Jean-Claude et Marine, Benoît et Laure, Urbain, Octave, Marcel et Yvon, Sébastien et Jean-Paul, et tous les autres à qui j'ai dit bonjour, et qui m'ont dit bonjour aussi. Pied gauche, pied droit ; pied gauche, pied droit. J'ai eu mal aux pieds et froid au ventre ; et j'ai même, parfois, douté. Et j'ai finalement trouvé l'Amour. L'Amour unique, le seul, le vrai, puisqu'un seul lieu porte ce nom. Je fus très déçu à l'arrivée quand on m'annonça que l'Amour avait disparu, en tout cas le panneau le signalant. On me promit d'en installer un nouveau, ce qui, au hameau, ne suscita pas d'opposition. L'Amour pouvait donc faire l'objet d'un échange standard. Quant à la Haine, elle s'avérait particulièrement difficile à identifier.

La Haine. Belgique. Larousse. « Haine : sentiment de forte animosité ou de vive répugnance. »

La Haine. Km 0. **Fatih vit près de la Haine.** Elle est d'origine turque ; elle dit de la Belgique que c'est une terre de mélanges. Fatih est jeune, vive, rapide. Elle sourit sans cesse.
Sur une place, en Belgique, elle attend le bus. Pavés. Odeurs inconnues. Déjà loin.

[Pour vous, que signifie l'expression
« faire son chemin » ?]

Faire son chemin, c'est trouver un endroit différent chaque jour. C'est rencontrer des gens différents, avec des idées différentes, et avancer sans se retourner pour savoir si l'on a raté quelque chose. C'est voir ce que l'on veut vraiment voir alors que lorsque l'on est installé quelque part, on ne se pose plus la question de ce que l'on pourrait faire d'autre.

[L'Amour est au bout de mon chemin.
Qu'y a-t-il au bout du vôtre ?]

Je ne sais pas ce qu'il y a au bout de mon chemin mais je sais que le chemin vaut le coup.

[Qu'est-ce qui compte le plus : faire son chemin
ou faire un bout de chemin ensemble ?]

Ça dépend de l'âge. Quand on est jeune, c'est faire son chemin. Mais arrivé à un certain âge, il faut toujours quelqu'un autour de soi pour ne pas se sentir seul, pour partager.

KM0

Km 35. **Charles-Henri et son épouse, Monique, m'ont offert l'hospitalité.** Monique est lumineuse. Son mari est un habitué du chemin de Saint-Jacques-de-Compostelle, qu'il parcourt régulièrement, seul. Partout dans leur maison, on voit affichées, encadrées, des photos de leurs nombreux enfants et petits-enfants.
Le soir, dans le salon, en feuilletant les photos de son chemin. Confidences. Photos sorties du placard. Tisane.

[Pour vous, que signifie l'expression « faire son chemin » ?]

Faire son chemin, c'est essayer de se débarrasser de son quotidien pour retrouver l'homme nouveau que l'on était à sa naissance.

[L'Amour est au bout de mon chemin. Qu'y a-t-il au bout du vôtre ?]

La déception ! (*En référence au chemin de Saint-Jacques-de-Compostelle.*) Parce qu'au bout du chemin, on retrouve ce que l'on a voulu quitter et on a du mal à conserver le sentiment de liberté ressenti tout au long du voyage. Quand on arrive à Saint-Jacques et qu'on se retrouve au milieu des flots de touristes, on se dit qu'on n'est pas fait pour ce monde-là. Mais cela vaut vraiment le coup de marcher vers l'Amour. Si l'on pense trouver l'amour au bout du chemin, alors il ne faut plus marcher, il faut courir !

[Qu'est-ce qui compte le plus : faire son chemin ou faire un bout de chemin ensemble ?]

Faire son chemin, c'est essayer de se changer soi-même. Faire un bout de chemin ensemble, c'est se confondre avec l'autre mais ce n'est peut-être pas être soi-même. C'est comme deux arbres côte à côte : ils se protègent mutuellement mais ils ne s'épanouissent pas complètement, je pense.

KM48

qui marche • **Forêt de Mormal.** l'amour • celui qui marche entre la haine et l'amour • celui qui marche entre la haine et l'amour • celui qui marche entre la haine et l'amour • celui qui marche entre la ha

ui marche entre la haine et l'amour • celui qui marche entre la haine et l'amour • celui qui marche entre la haine et l'amour • celui qui marche entre la haine et l'amour Canal de la Sambre à l'Oise. haine et l'amour •

KM65

celui qui marche **KM80** Forêt d'Andigny. l'amour • celui qui marche entre la haine et l'amour • celui qui marche entre la haine et l'amour • celui qui marche entre la haine et l'amour • celui qui marche entre la haine et l'ar

celui qui marche entre la haine et l'amour • celui qui marche entre la haine et l'amour • celui qui marche entre la haine et l'amour • celui qui marche entre la haine et l'amour • celui qui marche

KM83

Forêt d'Andigny.

Km 123. **Elles sont toutes les trois veuves d'anciens combattants** : Marie exploite seule une ferme perchée sur une colline du nord de l'Aisne ; Françoise vit seule avec son chat ; Sylvette vit seule aussi, mais elle déteste les chats. Marie est élégante et énergique. Sylvette, la plus âgée, est vive et coquine. Françoise est plus mélancolique. Toutes les trois vont régulièrement dîner ensemble au village voisin.

Dans un restaurant du village, le soir. Pizzas. Vin rouge. Toutes les trois sur leur trente et un.

[Pour vous, que signifie l'expression « faire son chemin » ?]

– Sylvette, c'est vous qui commencez.
– Ah ? Eh bien, faire son chemin, au sens propre, c'est aller sur sa route en suivant les indications pour essayer d'arriver au but.
– Ah, c'est ça ?
– Maintenant au sens figuré, c'est écouter ce que l'on vous a appris, s'aimer les uns les autres, se rendre service, pour arriver à réussir sa vie.
– On essaie de faire du mieux possible mais il y a des aléas ; ce n'est pas toujours tout droit ! Et toi, tu ne dis rien !
– Ah, moi, je ne suis pas fine pour les questions…

[L'Amour est au bout de mon chemin. Qu'y a-t-il au bout du vôtre ?]

– Une vie bien remplie.
– Moi, je dis qu'il y a la réussite de ce que l'on a espéré étant plus jeune.
– Oui, mais la réussite n'arrive pas toujours… (Silence.)
– C'est quoi la troisième question ? (Rires.)

[Qu'est-ce qui compte le plus : faire son chemin ou faire un bout de chemin ensemble ?]

– On ne peut pas faire son chemin tout seul, on a besoin des autres.
– Non, pour faire son chemin, il faut bien aussi savoir le faire toute seule ; commencer à deux mais finir toute seule. Ah ! C'est dur de finir toute seule…
– Oui, c'est dur mais…
– Si, si, c'est dur de finir toute seule…
– Mais on peut toujours trouver quelqu'un sur son chemin. C'est ça, l'amitié.
– Ah oui ? Alors, ce serait l'amitié qui remplacerait l'amour, qui permettrait de continuer le chemin qu'on aurait choisi à deux ? (Silence.)

celui qui marche entre la haine et l'amour • celui qui marche entre la haine et l'amour • celui qui marche entre la haine et l'amour • celui qui marche entre la haine et l'amour

Thiérache. Vers Chevresis-Monceau.

KM124

Km 151. **Jean et son épouse habitent une riche propriété au sud de l'Aisne** où ils ont quelques chambres d'hôtes. Jean est un ancien pilote de chasse. Il est encore jeune ; il parle beaucoup de « ce qui ne peut pas être contrôlé », et fait souvent référence à la conduite d'un avion de chasse.
Le matin, dans la cuisine. Odeur du café. La maisonnée encore endormie. Il a neigé pendant la nuit.

[Pour vous, que signifie l'expression « faire son chemin » ?]

Han, han… (*Silence.*) C'est faire son sillon. Décider de son présent, prévoir son avenir et, de temps en temps, se retourner pour constater que ce n'est pas si mal que ça.

[L'Amour est au bout de mon chemin. Qu'y a-t-il au bout du vôtre ?]

J'arrive à une période de ma vie où je me dis qu'au bout du chemin, j'aurai été heureux. J'ai un bon souvenir de mon enfance, un bon souvenir de mon adolescence, un bon souvenir de tout. J'aurai été heureux.

[Qu'est-ce qui compte le plus : faire son chemin ou faire un bout de chemin ensemble ?]

Pour faire un bout de chemin ensemble, il faut d'abord faire son chemin. Sinon, on tire des bords, contraint par le vent. Il faut être bien dans sa tête pour être bien avec les autres.

KM177

KM284

• celui qui marche entre la haine et l'amour • celui qui marche entre la haine et l'amour • celui qui marche entre la haine et l'amour • celui qui marche entre la haine et l'amour • celui qui marche entre la haine et l'

i marche entre la haine et l'amour • celui qui marche entre la haine et l'amour • celui qui marche entre la haine et l'amour • celui qui marche entre la haine et l'amour • celui qui marche entre la haine et l'amour •

KM286

KM294

celui qui marche entre la haine et l'amour • celui qui marche entre la haine et l'amour • celui qui marche entre la haine et l'amour • celui qui marche entre la haine et l'amour • celui qui marche entre la hai

Km 364. **Annette et Henri habitent dans un lotissement qui ne cesse de s'agrandir.** Ils en sont heureux. Les murs de leur maison sont tapissés de photos de leurs huit enfants et seize petits-enfants. Henri aime parler de l'histoire de sa région ; Annette évoque ses problèmes de santé.
Au petit déjeuner, en attendant que la pluie cesse. De la pluie à la bruine. De la bruine au crachin. Bientôt, l'éclaircie ?

⟦ Pour vous, que signifie l'expression « faire son chemin » ? ⟧
– Hum…
– C'est avancer tout droit.
– Avancer, aller de l'avant.
– Foncer pour arriver à quelque chose.
– Oui, avancer.
– Voir autre chose.
– Aller à droite, à gauche, mais avancer, pour arriver à un but.
Oui, il faut avoir un but dans la vie, et aller vers ce but.
Faut y aller.

⟦ L'Amour est au bout de mon chemin. Qu'y a-t-il au bout du vôtre ? ⟧
– Ah ! là, là ! *(Silence.)* Vivre le plus longtemps possible et voir mes petits-enfants grandir, grandir, grandir ! C'est ça, mon but.
– Et être en bonne santé pour les voir grandir. *(Silence.)*
– Ça vous va, les réponses ?

⟦ Qu'est-ce qui compte le plus : faire son chemin ou faire un bout de chemin ensemble ? ⟧
– Faire un bout de chemin ensemble.
– Ah oui !
– Et le plus longtemps possible.
– Suivre ensemble le même chemin.
– Vous voyez, on est d'accord. *(Rires.)*

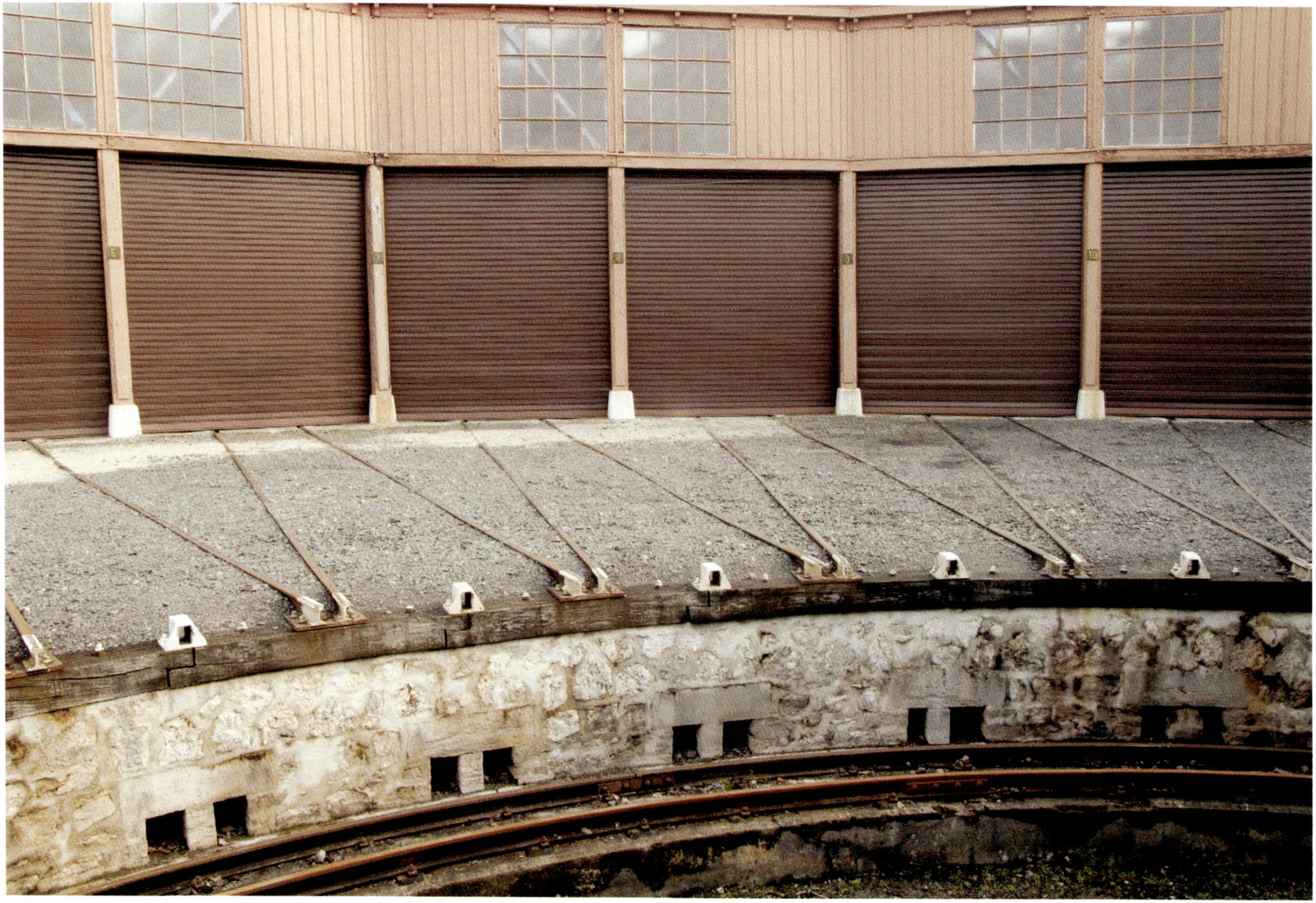

KM300

celui qui marche entre la Rotonde ferroviaire de Longueville. entre la haine et l'amour • celui qui marche entre la haine et l'amour • celui qui marche entre la haine et l'amour • celui qui marche entre la haine et l'a

ui marche entre la haine et l'amour • celui qui marche entre la haine et l'amour • celui qui marche entre la haine et l'amour • celui qui marche entre la haine et   La ligne TGV vers Courlon-sur-Yonne. haine et l'amour •

KM321

Km 395. **Virginie veut devenir artiste.** C'est un sujet qu'elle évoque beaucoup. Elle y travaille. Elle vit en région parisienne et est venue se promener à la campagne.
Dans sa voiture, à l'arrêt. Clapotis de la pluie sur le pavillon de la voiture. Canal fuyant vers le sud. Écluses.

[Pour vous, que signifie l'expression
« faire son chemin » ?]

Aller vers sa destinée, vers ses projets, et en général plutôt avec…
quelque chose ou quelqu'un.

[L'Amour est au bout de mon chemin.
Qu'y a-t-il au bout du vôtre ?]

Ah ! L'amour sûrement. Mais ce n'est pas ce que je recherche
aujourd'hui. Peut-être plutôt la construction de mon ego.

[Qu'est-ce qui compte le plus : faire son chemin
ou faire un bout de chemin ensemble ?]

Je ne trouve pas que l'on puisse choisir. En général, faire un bout
de chemin ensemble participe à faire son chemin ; cela s'inclut.
On peut donc faire plein de bouts de chemins tout en faisant
son chemin.

celui qui marche entre la haine et l'amour • celui qui marche entre la haine et l'amour • celui qui marche entre la haine et l'amour • celui qui marche entre la haine et l'amour • celui qui Après Pont-sur-Yonne. et l'amour

KM330

KM410 · celui qui marche · Le canal de Briare. l'amour · celui qui marche entre la haine et l'amour · celui qui marche entre la haine et l'amour · celui qui marche entre la haine et l'amour · celui qui marche entre la haine et l'

Les bords de Loire. KM412

Km 405. **Maria est installée au bord d'un canal.** Elle y tenait une petite auberge avec son mari, qu'elle vient de perdre. Aujourd'hui, elle pense vendre l'auberge et rentrer en Espagne, dont elle est originaire.
Le soir, à son bar, au départ du dernier client, avec Maria, épuisée. Bouteilles d'apéritif au comptoir. Formica. Une tasse déjà posée pour le café du matin.

[Pour vous, que signifie l'expression
« faire son chemin » ?]

C'est aller là où la vie vous amène, mais c'est aussi reprendre
les rênes quand la vie ne prend plus le bon chemin.

[L'Amour est au bout de mon chemin.
Qu'y a-t-il au bout du vôtre ?]

Je ne sais pas. *(Silence.)* Maintenant, vous savez, beaucoup de choses
sont derrière. Ce que je sais, c'est que je vais rentrer en Espagne.

[Qu'est-ce qui compte le plus : faire son chemin
ou faire un bout de chemin ensemble ?]

Souvent, on peut penser que c'est la même chose ; mais quand
la vie ne vous permet plus de faire le chemin ensemble, c'est
difficile de le faire seul car il faut tout réinventer. Oui, c'est ça qui
est difficile : toujours réinventer, et trouver la force. *(Silence.)*

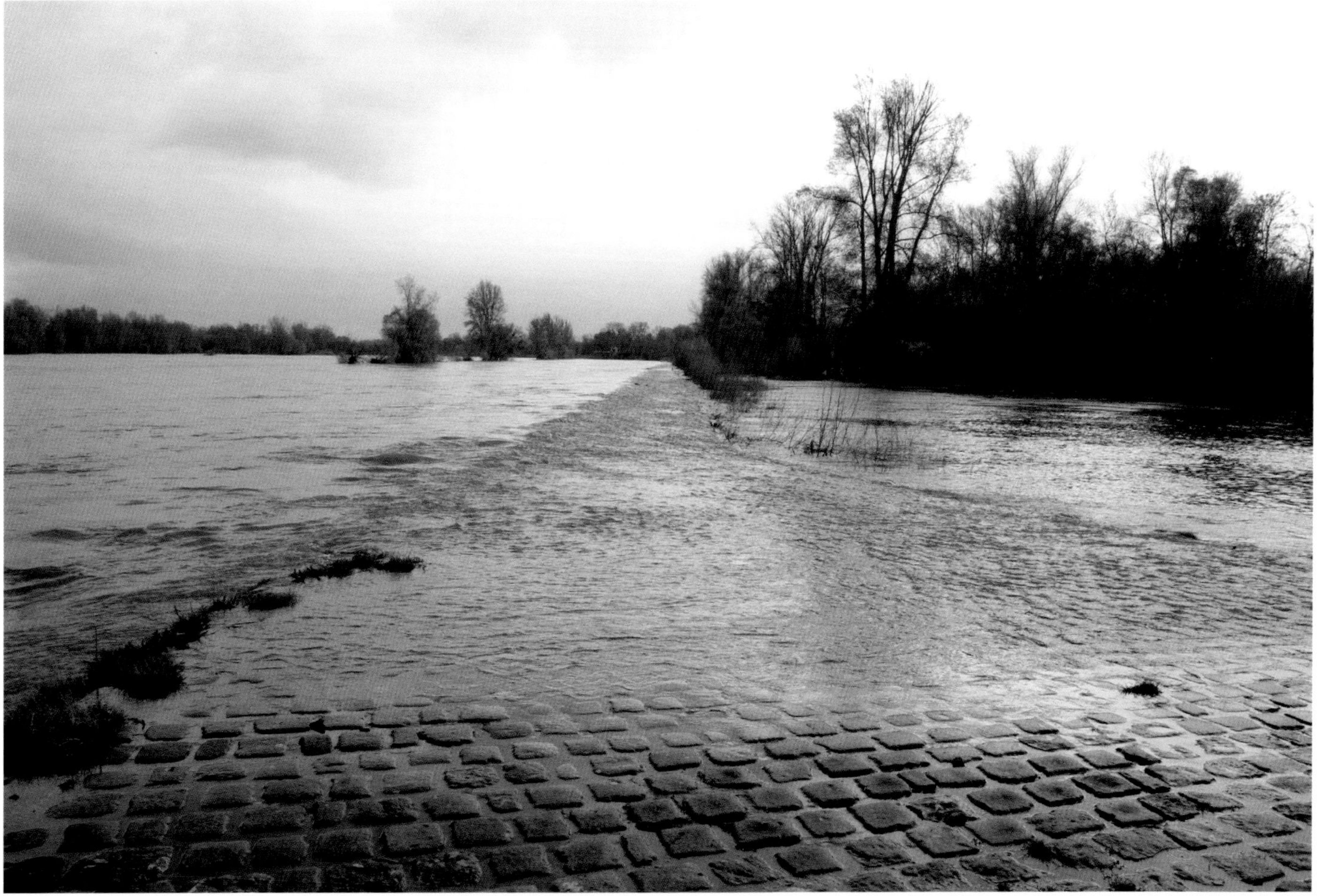

KM427

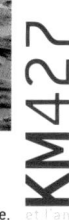

La Loire vers Cosme-sur-Loire.

KM428 celui qui marche La Loire vers Cosne-sur-Loire. celui qui marche entre la haine et l'amour • celui qui marche entre la haine et l'amour • celui qui marche entre la haine et l'amour • celui qui marche entre la haine et l'a

celui qui marche entre la haine et l'amour • celui qui marche entre la haine et l'amour • celui qui marche entre la haine et l'amour • celui qui marche entre la haine et l'amour • celui qui marche entre la haine et l'amour

KM437

celui qui **KM451** marche   Centrale électrique de Belleville.   qui marche entre la haine et l'amour • celui qui marche entre la haine et l'amour • celui qui marche entre la haine et l'amour • celui qui marche entre la haine et l'a

celui qui marche entre la haine et l'amour • celui qui marche entre la haine et l'amour • celui qui marche entre la haine et l'amour • celui qui marche entre la haine et l'amour • celui qui marche entre la haine et l'amour •

KM468

Sur Le chemin de Saint-Satur. Pont ferroviaire désaffecté.

celui qui marche entre la haine et l'amour • celui qui marche entre la haine et l'amour • celui qui marche entre la haine et l'amour • celui qui marche entre la haine et l'amour • celui qui marche entre la haine et l'amour

KM469

Km 480. Jean-Claude et Marine sont nouvellement retraités. Marine est originaire du Cher. Elle y a passé son enfance. Elle y revient souvent avec son époux. Assis sur un banc face à la plaine, le matin. Soleil. Brouillard près de la rivière. Quelque chose de printanier.

[Pour vous, que signifie l'expression « faire son chemin » ?]

– Avancer dans la vie. Passer au-dessus des embûches. Et arriver à un but qu'on s'est fixé.
– Exactement ! Ce qui nécessite préalablement que l'on sache où l'on veut aller…

[L'Amour est au bout de mon chemin. Qu'y a-t-il au bout du vôtre ?]

Oui, c'est l'amour qui est au bout du chemin. Maintenant, comme on a des enfants, c'est surtout leur réussite que l'on souhaite parce que notre vie est davantage derrière que devant. Même si on espère encore un long chemin avant d'arriver au « grand final » !

[Qu'est-ce qui compte le plus : faire son chemin ou faire un bout de chemin ensemble ?]

– *(Ensemble)* : Faire son chemin ensemble.
– Faire son chemin seul n'est pas intéressant, c'est vide de sens ; il faut le faire à deux. Donc on est obligé d'avoir des idées en commun pour avoir un but en commun. À deux, c'est plus facile.

che entre la haine et l'amour • celui qui marche entre la haine et l'amour • celui qui marche entre la haine et l'amour • celui qui marche entre la haine et l'amour • celui qui   **La Loire à Saint-Satur.** et l'amou

KM477

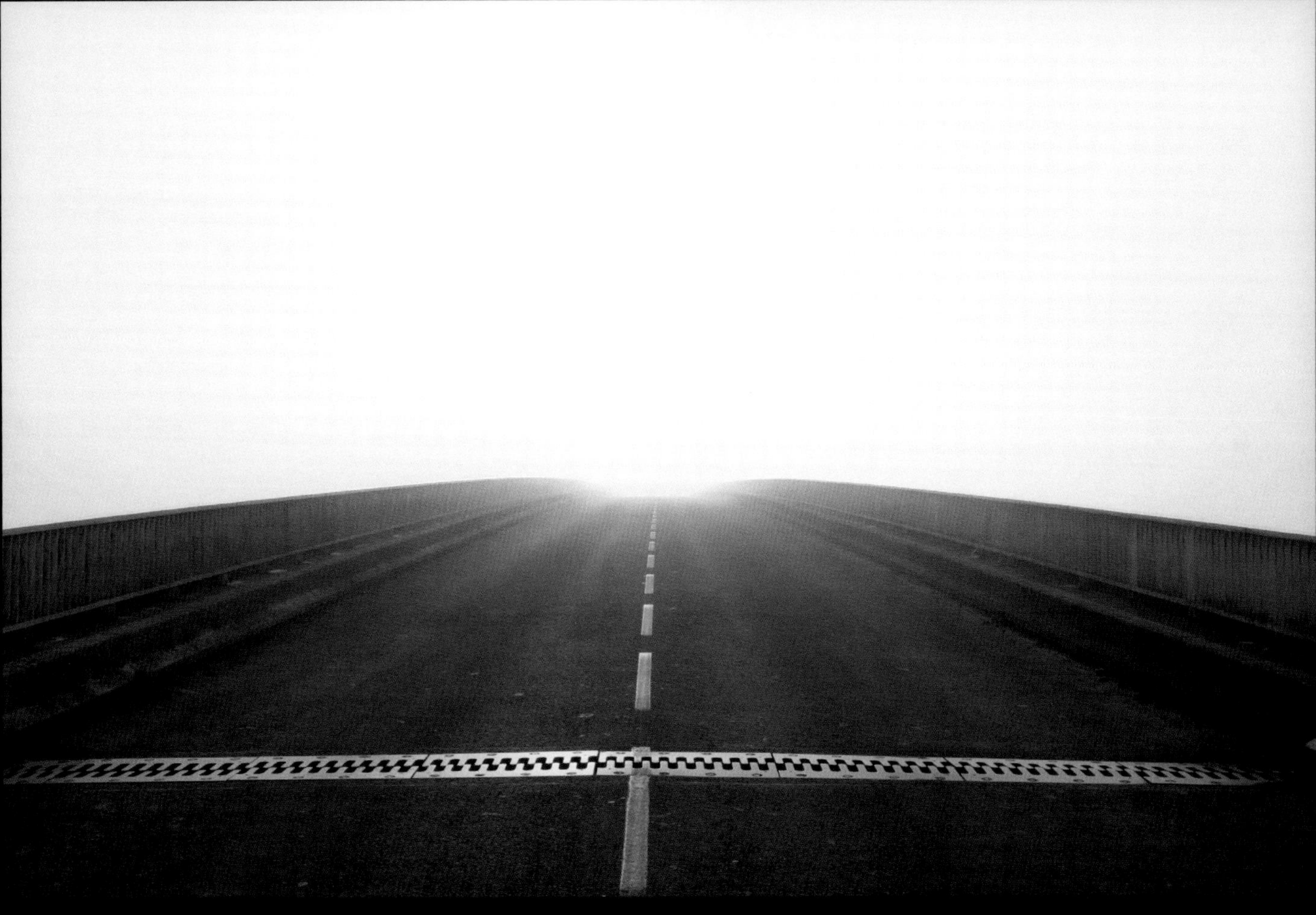

KM478

celui qui marche entre la haine et l'amour • celui qui marche entre la haine et l'amour • celui qui marche entre la haine et l'amour • celui qui marche entre la haine et l'amour • celui qui marche Saint-Satur. **KM480** et l'amour •

KM485

• celui qui marche entre **Sancerre**, et l'amour • celui qui marche entre la haine et l'amour • celui qui marche entre la haine et l'amour • celui qui marche entre la haine et l'amour • celui qui marche entre la haine et l'amour • celui qui marche entre l

Km 505. **Benoît et Laure sont fiers de leur ferme.** Ils exploitent cent cinquante hectares de blé, d'orge, de lin et de colza. Ils évoquent la reprise de l'exploitation par leur fils, parlent aussi des quotas surveillés par satellites, des accidents dans les coupes de bois, de leurs autres enfants qui ont quitté la région. Eux semblent tranquilles ; ils sont bien là où ils sont.
Au soleil de l'après-midi devant leur maison. Sancerre frais. Bruit du tire-bouchon. Et même des amuse-gueules pour accompagner cet apéritif.

[Pour vous, que signifie l'expression « faire son chemin » ?]

– Vas-y, réponds !
– Non, vas-y toi, tu répondras mieux.
– Faire son chemin, c'est faire sa vie, non ? *(Silence.)*
(Rires.)

[L'Amour est au bout de mon chemin. Qu'y a-t-il au bout du vôtre ?]

– La fidélité.
– On ne sait pas trop. Le bout du chemin… On ne le connaît pas le bout du chemin ! *(Silence.)* On fait de la philo, là !

[Qu'est-ce qui compte le plus : faire son chemin ou faire un bout de chemin ensemble ?]

– Un bout de chemin ensemble.
– Ah oui !
– Son chemin, on ne peut le faire qu'avec les autres.
– La vie, c'est pas pour être tout seul.

KM487

KM490

celui qui marche   Sancerrois, près de Chavignol.   qui marche entre la haine et l'amour • celui qui marche entre la haine et l'amour • celui qui marche entre la haine et l'amour • celui qui marche entre la haine et l'a

Km 520. **Urbain, Octave, Marcel et Yvon sont tous agriculteurs retraités d'un village du Cher.** Octave est silencieux, Yvon incompréhensible, Marcel cruciverbiste, Urbain malicieux. Il déteste la ville, ce qui le fait beaucoup rire au regard de son prénom. Il assure qu'on n'est pas bien malin à la campagne.

Au bar-tabac-épicerie du village, le matin, sous l'œil bienveillant de la tenancière. Quotidien du jour. Verre de rosé. Journal de treize heures en sourdine.

[Pour vous, que signifie l'expression
« faire son chemin » ?]

– Aïe !
– Faire la route !
– Faire son chemin…
– Aller… Faut aller tout droit d'abord.
– On ne m'a jamais posé de questions comme ça !
– Faire son chemin dans quoi d'abord ?

[L'Amour est au bout de mon chemin.
Qu'y a-t-il au bout du vôtre ?]

– Le nôtre…
– Faut une personne déjà ; une jolie fille.
– Aller vers ! Aller vers ! Faut y aller !
– Bon, on est calé là. *(Rires.)*

[Qu'est-ce qui compte le plus : faire son chemin
ou faire un bout de chemin ensemble ?]

– Faire un bout de chemin ensemble.
– Peut-être les deux…
– Partager. *(Silence.)*
(Fou rire.)

KM494

Sancerrois, près d'Amigny.

Km 588. **Sébastien affirme malicieusement « faire le trottoir ».** En réalité, il travaille partout en France sur des chantiers de travaux publics pour poser des trottoirs.
À côté de sa voiture, dans la rue. Entre deux averses. Bleu de travail. S'abriter dans la voiture ?

[Pour vous, que signifie l'expression
« faire son chemin » ?]

Faire son trou, tout en avançant dans la vie sans se retourner, tout en profitant du voyage.

[L'Amour est au bout de mon chemin.
Qu'y a-t-il au bout du vôtre ?]

Pour l'instant, de la bordure et du trottoir ! (*Silence.*) Forcément un grand repos… et l'estime de soi, enfin… l'estime des autres ; je ne veux pas qu'on ait un regard négatif sur moi.

[Qu'est-ce qui compte le plus : faire son chemin
ou faire un bout de chemin ensemble ?]

Faire son chemin tout seul, c'est un peu tristounet ! Oui, faire son chemin accompagné, rencontrer des gens, rencontrer quelqu'un, et partager un morceau de chemin. Cela doit être ce que vous appelez « faire un bout de chemin ensemble ».

celui qui marche entre la haine et l'amour • celui qui marche entre la haine et l'amour • celui qui marche entre la haine et l'amour • celui qui marche entre la haine et l'amour • et l'amour •

Sancerrois, près de Champtin.

KM499

L'Amour. Km 600. **Jean-Paul veut savoir comment je suis tombé sur l'Amour.** Il habite la commune sur laquelle se trouve le lieu-dit l'Amour. Peu bavard, il me questionne tout de même au sujet de l'Espoir, de la Mort, du Paradis…

Dans une des maisons de l'Amour. À l'heure de l'apéritif. Dans la cuisine. Déjeuner sur le feu.

[Pour vous, que signifie l'expression « faire son chemin » ?]

Faire sa vie ! *(Silence.)* Non ? Ça ne vous convient pas comme réponse ?

[L'Amour est au bout de mon chemin. Qu'y a-t-il au bout du vôtre ?]

La vie ! *(Soupir.)* Vous avez des questions à deux balles, vous !

[Qu'est-ce qui compte le plus : faire son chemin ou faire un bout de chemin ensemble ?]

Ça dépend avec qui on fait le bout de chemin ! Faire son chemin, c'est très important mais vous savez, la vie vous réserve parfois des surprises ; nul n'est à l'abri. Mais bon, faire son chemin ensemble, le plus longtemps possible, avec tous ceux que l'on aime, c'est bien. Tout est là.

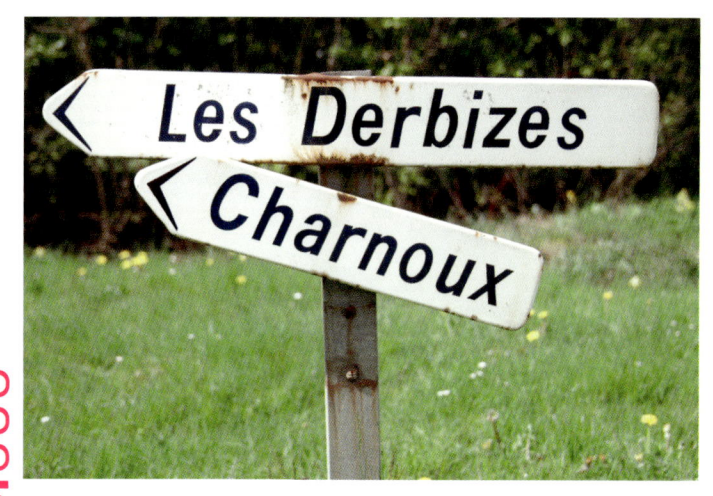

KM600

celui qui marche Absent sur la photo : le panneau (volé) de l'Amour. Commune d'Ainay-le-Château. Larousse : « Amour : Sentiment très intense, attachement englobant la tendresse et l'attirance physique, entre deux personnes. »

celui qui marche entre la haine et l'amour • celui qui marche entre la haine et l'amour • celui qui marche entre la haine et l'amour • celui qui marche entre la haine et l'amour • celui qui marche entre la haine et l'amour •

KM600

© le cherche midi, 2008
23, rue du Cherche-Midi, 75006 Paris
Vous pouvez consulter notre catalogue général et l'annonce de nos prochaines parutions
sur notre site Internet : cherche-midi.com

Conception graphique : Corinne Liger
Photogravure : Atelier Édition
Imprimé en France par Pollina - L48454C
Dépôt légal : octobre 2008
N° d'édition : 1312
ISBN : 978-2-7491-1312-8